나만 없는 낭만

나만 없는 낭만

초판 1쇄   2020년 02월 28일

지은이   박찬철
발행인   김재홍
교정·교열   김진섭
마케팅   이연실

발행처   도서출판 지식공감
브랜드   문학공감
등록번호   제2019-000164호
주소   서울특별시 영등포구 경인로82길 3-4 센터플러스 1117호 (문래동1가)
전화   02-3141-2700
팩스   02-322-3089
홈페이지   www.bookdaum.com
이메일   bookon@daum.net

가격   12,000원
ISBN   979-11-5622-491-4 03810

CIP제어번호 CIP2020003783
이 도서의 국립중앙도서관 출판예정도서목록(CIP)은 서지정보유통지원시스템 홈페이지
(http://seoji.nl.go.kr)와 국가자료공동목록시스템(http://www.nl.go.kr/kolisnet)
에서 이용하실 수 있습니다.

문학공감은 도서출판 지식공감의 인문교양 단행본 브랜드입니다.

나만
없는
낭만

박찬철 산문집

문학공감

'요즘 세상엔 낭만이 사라졌어.'

지금을 살아가는 우리들이 자주 하는 말이죠.
'낭만'이라는 단어가 언젠가부터
우리들의 마음속에서 참 멀어졌다는
생각을 자주 하곤 합니다.

하지만 저는 아직 믿고 있습니다.

세상의 낭만은 아직 사라지지 않았다는 것을.

마음속의 낭만을 다시 찾을 수 있다는 것을.

지금부터 우리들의 낭만을 찾아 떠나보겠습니다.

일상 속 낭만을 찾아 걸어가기.

그리고 다시 한 번 일어나 뛰어가기.

C o n t e n t s

02 _ 뛰어가기

흘러가는 일상 속에서

주위를 한번 둘러보기

01

걸어가기

달리기 시합

하늘 높이 파란 나라를 보니

뭉게뭉게 하얀 친구들이 있는데

누가 더 빨리 가나 달리기 시합.

나도 같이 달리기 시합.

목적지 없는 달리기 시합.

동심을 간직하다

#이룰 수 없는 것들, 그러한 것들이 꿈인 세상
#동심을 간직한 사람들이 많은 세상

우리는 삶을 살아가면서 많은 것을 담아 가고 있다. 눈으로 보고, 귀로 듣고, 음식을 먹으면서 매일 새로운 것들을 쌓으며 살아간다.

하지만 어느 순간부터 우리는 마음으로 느끼는 것들을 덜어내며 살아가고 있는 듯하다. 동심을 간직하며 살아가는 사람들은 어느새 '철'없는 사람이 되어가고 있는데, 이는 자기 한 몸 건사하기도 힘들 정도로 삶이 어려운 탓일 것이다.

어렸을 적에, 우리의 꿈은 돈을 잘 버는 것도, 좋은 직장에 취업하는 것도 아니었다. 모두가 불가능하다고 생각되는 꿈에도 멋지다고 박수를 받던 그런 때가 우리에게는 있었다. 고

등학교 재학시절, 꿈에 대하여 한 친구와 이야기를 나눈 적이
있다.

"넌 꿈이 뭐야?"
"응. 난 만해를 쓰는 거야!"

친구가 말한 '만해'란 한 일본 애니메이션에 나오는 마법과
도 같은 기술의 이름이다. 물론 그가 진심으로 말한 것은 아
니었겠지만, 나는 그의 꿈을 응원한다며 박수를 쳐주었다. 우
리 모두에게는 그런 순간이 있었다. 이룰 수 없는 것을 상상
하던 순간이.

동심을 간직하며 살아가는 이들에게 '철'없다고 핀잔을 주
는 사람들을 나쁘다고 말하고 싶지는 않다. 그저 냉혹한 현실
을 남들보다 빨리 깨닫고 적응한 것일 뿐 그들에게 불평할 이
유 따위 없다.
하지만 잊지 말아야 할 점이 한 가지 있다. 콜럼버스가 등

장하기 전까지 어느 누구도 아메리카 신대륙의 발견을 상상하지 못했으며, 라이트 형제가 등장하기 전까지 어느 누구도 사람이 하늘을 날 수 있을 거라 확신하지 못했다. 우리가 모르는 새로운 세계를 찾는 것, 예를 들어 하늘을 날아다니는 것 또는 우주를 향해 나아가는 것 등.

모두가 지금 당장의 현실이 아닌 이상의 세계에서 창조된 현실이다. 그리고 그 이상은 동심에서 출발한다.

동심을 가진 사람들이 많아지는 세상을 꿈꾼다. 모든 사람이 상상할 수 있고, 그 모든 상상을 현실로 재창조할 수 있는, 우리 모두가 '동심'을 간직할 수 있는 세상이 오길 기대하며 난 살아간다.

내 친구

살결에 스며드는 산들바람이
마음속 한 곳에 밀려들어 오며
산뜻하게 내 손을 잡아주는

내 친구, '봄'이여

친구를 새기다

#새로운 인연을 만나는 것
#인연을 마음에 새기는 것

나이가 들어가며 새로운 사람들을 만나고 싶다는 욕구가 점점 커져가는 것을 느낄 수 있다. 변함없이 지루한 일상 속에서 작은 일탈을 찾고 싶은 것일지 모른다.

이러한 사람들의 니즈에 맞게 세상은 계속해서 변화하고 있으며 인터넷에 원하는 활동 키워드 몇 단어만 검색해도 수백 개의 소모임과 동호회를 찾아볼 수 있다.

우리는 그러한 모임에 가입하여 새로운 인연들을 만나고 지루한 일상에서 벗어나고 있다. 가볍게, 그리고 쉽게.

가볍게 인연들을 만나는 것 또한 중요한 일이다. 하지만 우리가 잊어서 안 되는 점 한 가지는 '친구'란 생각보다 가벼운 단어가 아니라는 것이다.

과거 예비군 훈련을 받던 어느 날이 생각난다. 그 당시 매우 추운 날씨에 제대로 된 훈련도 진행하지 못한 채 교장에서 대기하고 있었다. 날은 춥고, 시간은 아쉽고 했던 탓일까. 교관님 한 분이 교장 앞에서 우리에게 인생 이야기를 해주었다.

이야기의 주된 내용은 친구를 잘 사귀라는 것이었다. 정말 좋은 내용의, 한 편의 강연과도 같은 말씀을 들었지만 특유의 사투리 때문에 '친구를 잘 사귀어라.' 라는 말이 '친구를 잘 새 귀어라.' 라고 들려와 웃음을 참기 힘들었던 기억이 난다.

그러다 문득, 우습기만 했던 교관님의 말씀이 막연히 새롭게 들려왔다.

"친구를 새기다."

왜일까. 흘러가는 그 한마디가 마음속을 울렸던 이유를 아직도 나는 잘 모르겠다. 하지만 한 가지 생각에 도달할 수 있었다. 내 마음속에는 누가 새겨져 있을까.

개인에 따라, 성향에 따라 다르겠지만 사람들과 친해지는 것 자체는 크게 어려운 일이 아닐 수 있다. 공통적인 관심사만 가지고 있어도 이야기가 이루어지는 것이 사람 사는 세상이니 큰 부담 없이 인연들을 만들어 나갈 수 있다.

하지만 누군가를 '사귀는 것'과 '새기는 것'은 다르다고 생각한다. 바위에 색연필로 적은 글씨는 작은 바람에도 사라져버리지만, 칼로 깊게 새긴 글씨는 모진 풍파에도 지워지지 않는다.

친구란 그런 존재이다. 우리는 누군가의 마음속에 새겨진 사람일까. 혹은 내 마음속에 누군가 새겨져 있을까.

나 역시도 진짜 '친구'를 찾아가고 있다. 내 마음속에 단 한 명의 친구라도 새겨져 있다면, 단 한 명이라도 마음속에 나를 새겨준 친구가 있다면 내 인생은 성공한 인생이 아닐까.

담아둘걸

아빠의 목소리
엄마의 표정
동생의 체취
모든 걸 담아둘걸.

가족을 기록하다

#가족과의 시간이 사치가 되어 버린 세상
#잊혀져가는 목소리를 기록하다

최근에 인상 깊게 보았던 광고 한 편이 있다. 한 남성이 출근 준비를 하는데 딸이 다가가 '아빠, 또 놀러오세요!' 라고 말하는 그러한 광고였다. 아버지와 딸이 집에서 만날 수 있는 조금의 시간조차 주어지지 않는 그러한 시대에 우리는 살고 있다.

아버지의 잘못일까? 아니면 철없는 딸의 잘못일까? 어느 누구의 잘못이라고 말할 수 있을까? 하지만 가족들과 함께하는 시간이 점점 사라지고, 그 소중한 시간을 사치라고 여기는 사람들마저 늘어나고 있음은 변명할 수 없는 사실이다.

KBS에서 방영했던 한 미니시리즈 드라마의 내용이 기억이
난다. 가족들끼리 노래방에 가서 어머니의 목소리를 녹음하
는 장면이었는데, 그 장면이 굉장히 슬프게 마음속에 와 닿
았다.

이러한 말을 들은 적이 있다. 소중한 사람이 곁에서 사라
지게 되면, 수십 년이 흘러도 얼굴은 기억이 나지만 목소리는
기억이 나지 않는다고. 외모, 체취, 추억 등 모든 것이 기억이
나지만 목소리 하나만큼은 기억이 나지 않는다고.

나 자신도 소중했던 누군가 갑자기 사라진 경험이 거의 없
기 때문에 쉽게 와 닿지 않는다. 그 슬픔을 이해할 수도 없고
이해해야만 하는 순간조차 오지 않았으면 좋겠다.

하지만 지금부터라도 조금씩 노력하려 한다. 많은 시간을
가족과 보내기 위해, 그리고 가족의 목소리를 담아내기 위해.

아빠의 마음

오늘은 치킨이 왔어요.
어제는 피자가 왔었는데.

아빠 손을 잡은 그 향긋한 내음에
내일은 또 무엇이 올까
기대되는 내 마음.

내일은 양손 가득 웃음 짓는
아빠의 마음이 먼저 보이길.

아버지의 꿈

#부모님의 꿈
#아버지가 사 오신 통닭 한 마리

힘든 일상을 보내다 오랜만에 내려간 집에서의 저녁은 마음을 한껏 포근하게 만들어준다. 저녁밥이 맛있는 것도 하나의 이유겠지만 더 큰 이유는 바로 어머니와 아버지를 만날 수 있기 때문이 아닐까 생각한다. 언제나 보고 싶은 얼굴. 언제나 듣고 싶은 목소리.

부모님이 계시는 대전으로 내려갔던 어느 날이었다. 어머니께서 저녁을 차려 주셨고, 야구를 보시던 아버지께서도 식탁에 착석하여 함께 저녁을 먹었던 평범하기 그지없는 시간이었다. 문득 아버지께 한 가지 질문을 드렸다.

"아버지는 어릴 적 꿈이 무엇이었어요?"

아버지께서는 잠시의 생각도 하지 않고 바로 답변해 주셨다.

"우리 때 꿈이 어디 있었겠냐. 먹고 사는 게 힘든데."

아버지의 답변에 이어서 곧바로 어머니께도 같은 질문을 드려보았다. 어머니의 대답 역시 아버지의 대답과 다르지 않았다. 먹고 사는 게 꿈이었던 시대였기에.

아버지께서는 어릴 적 공부를 잘하셨다고 한다. 하지만 집안 사정으로 대학 진학을 하지 못하고 곧바로 철도고등학교(현재는 폐교되었다)에 진학하여 졸업과 동시에 사회의 일원으로써 30년간 일해 오셨다.
지금 와서 볼 때 학생들이 선망하는 회사에서 부장이라는 직함을 갖고 계시지만, 당시만 해도 많은 사람들이 기피하는 직업이었고 환경적인 요인에 의해 어쩔 수 없이 선택한 직장이었다.

어머니께서도 생각했던 것보다 꽤 많은 일들을 해 오셨던 것 같다. 현재는 주부 30년 경력의 베테랑이시지만 20대의 나이에는 미용실에서도, 공장에서도 일해 오셨다는 이야기를 듣고 '부모님 또한 우리가 모르는 역사를 가지고 계시는구나.' 라고 생각하곤 했다.

아버지, 어머니를 지켜보고 있노라면 한 가지 서글퍼지는 것이 한 가지 있다. 부모님에게도 무엇인가 이루고자 하는 꿈이 있었다면 지금보다 훨씬 더 행복한 삶을 살고 있지 않을까. 물론 지금도 행복한 삶이지만 조금은 다른 방향의 행복을 추구하며 삶을 살 수 있지 않았을까.

어릴 적 아버지의 퇴근 시간만 목 놓아 기다린 적이 있다. 혹시 오늘은 맛있는 무엇인가를 사 들고 들어오시지 않을까 하는 어린 마음이었다.

양손 가득 무엇인가를 사 들고 돌아오실 때 마음속 깊이 기뻐하셨을 아버지의 마음을, 빈손으로 돌아오실 때 집에서 기다리고 있을 가족들보다 더욱 허전하고 슬퍼하셨을 아버지의 마음 모두를 이해하려 한다.

가족들과 함께 먹을 통닭 한 마리 사 들고 오는 것이 오늘날 우리들 아버지의 꿈이었으리라.

따뜻한 눈

눈이 내린다.

내 손에 닿은 그 눈은 금세 녹아버려
내 손이 따뜻한 건지, 아님 눈이 따뜻한 건지
알 수가 없어서

그냥 네 눈이 따뜻하다 했다.

어머니가 사준 청바지 한 벌

#어머니와 함께 청바지를 살 수 있는 시간

인생의 마지막 울타리였던 대학교를 졸업하고 사회의 한 일원으로 들어선 지 꽤 많은 시간이 흘렀다.

첫 직장에 취업했을 때 느꼈던 그 정글과도 같던 두려움과 막연함은 아직도 잊혀지지 않는다. 함께했던 사람들은 모두 좋은 분들이었지만 중소기업의 구조상 인턴, 신입들에게도 곧장 일이 주어지는 상황들이 결코 적응할 수 없게 만들었다. 한 직장에서 10년 이상 일해 오신 분들은 존경받아 마땅하다는 생각마저 들 정도였다.

금요일 저녁 퇴근 후 본가로 내려와 편안한 밤을 보내고 다

음 날 토요일의 아침을 맞이했다. 어머니께서는 다음 주 계모

임에서 여행을 가는 것이 계획되어 있었는데, 마땅히 쓸 모자

가 없어 모자를 사러 간다고 집을 나서셨다.

나 역시 다른 약속이 없었기에 함께 따라나섰고 이참에 모

자 하나 사드려야겠다고 생각했다.

대형 아웃렛 내부의 매장들을 둘러보며 어머니의 마음에

들 만한 모자를 함께 찾아보았다.

막 사회생활을 시작한 아들에게 선물을 받기 미안해서였

을까, 아니면 마음에 드는 모자가 없어서였을까. 모자 고르는

것을 멈추시더니 갑자기 내 청바지를 사주시겠다며 남성 브랜

드가 있는 곳으로 발길을 옮기셨다. 필요하면 내가 산다는 말

은 그저 한 귀로 흘리시는 듯 본인이 더 열심히 아들의 청바

지를 고르셨다. 그렇게 분위기에 휩쓸려 어머니 모자를 사러

간 곳에서 내 청바지를 한 벌 구매했다. 더 필요한 것은 없냐

는 질문에 이제 됐다며 빨리 마트를 나가고자 했던 나의 모습

이 잠시 초라했다.

하지만 어머니께서 청바지를 사주시는 모습을 난 막지 못했다. 아니, 막지 않았다.

문득 이런 생각이 들었다. 언제 또 어머니와 함께 내 청바지를 사러 나올 수 있을까. 어쩌면 이게 마지막일지 모른다는 생각에 그저 가만히 있었다.

어릴 적 옷을 살 땐 친구들과 함께였고, 더 어릴 적에는 그저 어머니께서 사 오신 옷을 입었다. 생각해보니 어머니와 함께 옷을 사러 나간 때가 언제였는지 까마득히 기억나지 않았다. 그렇기에 가만히 있었다. 어머니가 사주는 옷을 입고 싶었기에, 언젠가 다가올 엄마 없이 옷을 사야 하는 날을 생각하며.

포근한 찬 바람

창문 틈으로 살며시 들어오는
포근한 찬 바람처럼,
너는 내 마음속 포근히 앉아 있다가
차갑게 걸어나갔다.

걸어나간 그 걸음 아래 차가운 상처 남았지만
그 상처마저 포근하여 아픈 걸 몰랐다.

헤어짐의 순간은 언제나

#끝이 있기에 시작이 있다
#헤어짐이란 신이 주신 잔인한 선물이다

어릴 적 외할아버지의 임종 소식을 들었던 때는 아마 8살 남짓 되었을 헤어짐의 의미를 아직은 알지 못하던 나이였다.

아침에 눈을 떠보니 아침 준비를 하시는 고모의 뒷모습이 눈에 보였고 당연히 함께 있어야 할 아버지, 어머니는 그 그림자조차 보이지 않았다. 어디에 그 서러운 눈물을 남기고 그리 바쁘게 가신 걸까. 이제는 외할아버지를 뵐 수 없다는 것을 알게 된 것은 몇 달이 지난 뒤의 어느 날이었던 것 같다.

할아버지의 임종 소식을 들었던 때 역시 11살의 어린 나이였다. 당시 학교를 마친 후 아래층의 이웃집에서 저녁을 먹고 있었는데, 급하게 눌린 초인종에 내 몸을 실어 급히 시골집으로 내려갔다. 할아버지, 그리고 외할아버지의 임종 소식을 내게 전해주었던 분은 언제나 고모였다.

　아버지, 어머니께서는 이번에도 그 서러운 눈물을 남기고 어딜 그리 바쁘게 가신 걸까.

　외할아버지의 임종에는 자리하지 못하였지만 할아버지의 임종에는 자리할 수 있었다. 아버지, 어머니 모두 흘릴 눈물을 너무나 많이 흘리신 건지 퉁퉁 부은 두 눈에서는 더 이상 눈물이 나오지 않았다. 두 분의 눈물을 보지 않아 다행이라는 어린 마음의 잔인한 생각이 들었다. 부모님이 흘리는 눈물을 볼 준비가 되어 있지 않은 나이였기에.

　그리고 나이가 들어가며 깨닫게 된 점이 있다. 헤어짐의 순간에 느낀 감정은 언제나 사무쳐 있지만, 또 다른 새로운 시작이 존재한다는 것을.

　헤어짐이라는 말은 슬픔이다. 어느 누구도 기쁨으로 헤어짐이라는 단어와 마주할 수 있지는 않을 것이다.

하지만 헤어짐의 순간은 반드시 온다. 사람과 헤어지고, 시간과 헤어지고, 소중한 모든 것들과 헤어진다.

헤어짐의 순간은 준비의 순간이다. 새로운 시작을 해야 함을 알기에, 그 시작 전에 다시는 이토록 큰 아픔을 느끼지 않도록 준비할 수 있는 신이 주신 잔인한 선물은 아닐까.

카푸치노 한 잔

거품 그윽한 카푸치노 한 모금에
거칠어진 목을 축이며,
눈에 비치는 창밖의 역사를 보며,
어느 것 하나 걸치지 않는 나뭇가지들을 지키는
따스한 햇살을 느끼며,
내 몸의 생동감을 깨닫게 된다.

카푸치노 이 한 잔이 없었더라면
나의 이 거칠어진 목도, 창밖의 역사도, 따스한 햇살도
그리고 내 몸의 생동감도
알지 못했을 것을.

어제도, 오늘도, 내일도 카푸치노 한 잔을 마시기 위해
집 문을 나선다.
그것이 나의 도전이다.

커피 한 잔에 담긴

#커피가 아닌 낭만을 사러 가다

일을 마치고 퇴근길에 홀로 들어선 고즈넉한 카페 한 귀퉁이에서 마시는, 따뜻한 아메리카노 한 잔만큼 마음을 포근히 만들어주는 것은 없다.

조그마한 테이크아웃 잔에 담긴 검은 커피를 지켜보고 있노라면 지나간 옛 생각들이 커피 위로 오르는 수증기처럼 모락모락 피어나고, 이를 감싸는 깊은 커피 향은 짙고 넓게 가슴속에 퍼지곤 한다. 언제부터 이 커피를 난 사랑하게 되었을까.

20대 초반 무렵, 당시 사귀었던 여자친구와의 첫 만남이 떠오른다. 그녀와의 첫 만남에 생애 처음으로 카페라는 곳을 들어가 보았고, 카페에서는 설탕이 아닌 시럽을 커피에 넣어 마시는 것이라는 것도 알게 되었다.

그 시럽처럼 달콤한 시간은 2년 동안 지속되었고 커피를 다 마신 후 카페를 후련히 나서는 것과 같이 우리의 만남은 끝이 났다. 한편은 달콤했던, 어느 한편은 씁쓸했던 2년의 시간이 검은 커피를 보고 있노라면 가장 먼저 떠오른다.

취업준비생으로서 대학교 졸업을 앞두고 있던 시절, 난 학교 앞 카페로 출근하다시피 가곤 했다. 커피를 좋아하는 것도 맞고 카페의 분위기를 좋아하는 것도 맞다. 자리에 놓여 있는 커피 한 잔과 노트북 한 대면 집 나간 마음이 제 자리를 찾은 것처럼 편안해졌다.

홀로 카페를 자주 다니는 내 모습에 신기함을 느꼈는지 한 친구가 질문을 건넸다.

"너는 카페에 가서 뭘 하길래 그렇게 자주 가?"
"나는 커피가 아닌 낭만을 사러 와."

나의 대답은 몇 년이 지난 지금까지도 친구들 사이에서 놀림거리가 되고 있다. 이토록 손발이 오그라드는 말을 어찌 그리 자연스럽게 내뱉었는지 나 자신도 그때 생각을 하면 헛웃음이 나온다. 하지만 나의 대답은 진심이었다.

단순히 커피 한 잔을 마시기 위해서도, 잠깐의 시간을 때우기 위해서도 아니었다. 그 순간만큼은 혼자만의 깊은 사색에 잠겨 하나씩, 조금씩 나라는 퍼즐을 맞춰 나갔다. 맞춰지지 않는 조각 조각을 들고 이리도 맞춰보고 저리도 맞춰보며 그렇게 나를 만들어갔다.

요즘도 시간이 날 때면 항상 노트북을 들고 카페로 나선다. 되도록이면 분위기가 좋은 카페를 찾기 위해 서울 전역을 돌아다닌다.

그렇게 오늘도 퍼즐 한 조각을 손에 쥐고 하루를 방황한다. 어떻게 맞춰도 예쁜 모양은 나오지 않지만, 어떻게 맞추든 맞춰진 대로 살아갈 수 있기 때문에.

담배 연기 한 모금

오지 않는 잠
담배 연기 이불 삼아
포근히 덮고 자려 하지만

한 모금의 미련에,
한 모금의 아쉬움에,
한
머금은 옛 기억에

오늘도 밤을 지새운다.

담뱃재 흩날리던 날

#담뱃재 흩날리던 날에
#하늘이 아프잖아요

끊어야 하는 담배를 무심코 한 대 또 다시 입에 물고 하늘 높이 연기를 내뿜는다. 하늘에 미안한 마음을 가진 것은 오래가지 않고, 금방 사라지는 연기에 나의 마음이 투영된다. 혹시 연기처럼 올라가다 사라질 나의 인생은 아닐까 하는 고리타분한 자괴감이다.

어릴 적 어느 학생들과 마찬가지로 나 역시 친구들과 학원을 다녔다. 2년 정도 다니던 수학 학원이 있는데 잘 기억이 나지 않지만 원장선생님이 너무나 좋은 분이셨던 것은 잊혀지지 않는다. 우리 모두는 수업이 끝난 뒤에도 원장선생님 퇴근 시간까지 기다렸다가 함께 퇴근했다. 그러면 원장선생님은 우리에게 학원 앞 포장마차에 가서 종종 떡볶이를 사 주시곤 했다.

눈이 마음껏 내리던 어느 날이었다. 땅 위로는 눈이 소복하게 쌓이고 그 눈 밟는 느낌에 따뜻함마저 느낄 수 있을 정도로 많은 눈이 내렸다.

그날 역시 원장선생님께서는 우리에게 떡볶이를 사 주셨다. 그리고는 떡볶이를 먹는 우리와 멀찌감치 떨어진 곳에서 홀로 담배를 피우셨다. 나는 먹던 떡볶이를 놔두고 원장선생님께 다가갔다. 그리고 말 한마디를 건넸다.

"선생님! 담배 피우지 마세요!"

나의 당당한 진심 어린 한마디에 원장선생님은 귀엽다는 눈빛으로 쳐다보시며 왜 담배를 피우면 안 되는지 물으셨다.

"하늘이 아프잖아요."

15살의 어린 나이에 아무런 거리낌 없이 건넨 한마디였다. 그저 어린 학생의 아무 의미 없는 한마디일지 모르지만 원장 선생님께서는 바로 담배를 끄고 나의 머리를 쓰다듬으며 말씀하셨다.

"넌 꼭 크면 글을 써야 될 것 같다."

내가 작가가 되고 싶다는 생각을 처음 한 것이 아마 그때였던 것 같다. 아무런 의미 없이 건넨 어린 학생의 한마디에, 별 의미를 담지 않고 답해 주셨을지는 모르지만 서로의 마음속에서는 큰 의미로 다가갔고 다가왔다.

지금은 연락이 되지 않아 어디에서 어떻게 지내시는지 알 수 없지만 꼭 한번 다시 만나 뵙고 싶은 선생님이다.

하늘이 아프기에 담배를 피우면 안 된다고 말하던 그 학

생은 어느덧 성인이 되어 담배를 입에 물고 있다. 전자담배를
피워도 봤지만 담배의 그것을 따라가지는 못하는 듯하다. 그
리고 나 역시도 기다리고 있다. 누군가 나에게 다가와 주기
를. 그리고 나에게 말해주기를.

"하늘이 아프잖아요."

추억 한 갑

칙칙폭폭
기차를 타고
어디로든지 떠나요

초코과자 한 갑이면
오랜 시간이
걸리더라도
외롭지 않아요

돌아오는 길
초코과자 빈 갑에
추억 넣어서
다시 꺼내먹어요

초코하임에 기차를 싣고

#초코하임을 닮은 친구
#추억을 보관하다. 언제든 꺼내 먹을 수 있도록

종종 친구들이 보고 싶을 때면 전라도 광주에 내려가곤 한다. 본가는 대전이지만 광주는 내가 태어난 고향이고 광주에서 학창시절을 보냈기에 어린 시절 친구들은 모두 광주에 있다고 봐도 무방하다.

그렇게 어느 날도 기차에 몸을 싣고 광주로 내려갔다. 내려가는 길 외롭지 않게 초코하임 한 갑을 사 들고.

그 날은 절친한 친구의 결혼식이 있는 전날이었다. 숱하게 경조사를 다녔지만 절친한 친구가 결혼하는 것은 이번이 처음이었기에 나 역시도 조금은 긴장되는 마음으로 내려가게 되었다.

묘한 기분 한 움큼 초코하임 한쪽에 얹어 하나둘씩 먹다 보니 어느덧 광주송정역에 도착해 있었다.

광주에 내려가면 항상 마중 나와 주는 친구가 있다. 사실 광주송정역과 광주 도심지는 꽤 먼 거리인데(서울 기준으로 신림에서 상봉 정도라고 생각하면 된다) 버스나 지하철을 타고 오면 힘들 거라 생각했는지 항상 자차로 마중 나와서 기다려주곤 했다.

겉으로는 여느 친구 사이와 마찬가지로 다시 서울로 돌아가라며 장난을 걸곤 하지만 언제 봐도 고마운, 기차에서 먹은 초코하임의 은은한 풍미를 닮은 친구이다.

우리는 다 같이 모여 난생처음 고향 친구들만의 순간을 액자에 담았다. 결혼을 목전에 앞둔 친구를 위해, 우리들 모두의 미래를 위해, 그리고 훗날 추억으로 남을 각자의 외모와 체취, 느낌을 서로 간직하기 위해.

초코하임은 언제 먹어도 달콤하다. 겉은 바삭하고 단단할지라도 그 안에 숨어있는 크림은 한결같이 부드럽기만 하다. 우리들 역시 사회의 풍파에 맞서 점점 단단해지더라도 마음 한편은 역시 한결같이 부드럽다. 그리고 그들과의 만남은 더욱 달콤하다.

이 순간을 추억이라는 상자에 고이 담는다. 언제든 이 달콤함이 생각날 때마다 꺼내 먹을 수 있도록.

삶.다(多)

냄비에 잔잔한 찬물 받아
빨간 파란 뜨거운 불 위로
차가운 물 팔팔 끓여
달걀이 삶아지기를 기다린다

달걀 하나둘 빙글빙글 돌아가며
누가 더 맛있게 삶아지나
시합이라도 하는 듯
제 몸을 기꺼이 굳혀가고 있다

그러다 어느 한 달걀에 금이 가서

조금은 묽어진 흰자가 새어 나오니

뜨거운 세상 속에서 흘리는 눈물인 듯하여

내 눈물 한 방울 달걀 삶는 물을 더욱 채운다

마음을 비추는 거울

#글씨에는 마음이 투영되어 있다
#글을 쓰는 기회를 직접 만들어야 한다

사람의 글씨에는 마음이 담겨 있다고 한다. 그리고 지난 인생의 굴곡이 그대로 녹아 있다. 명필이라도 악필처럼 느껴질 때가 있고 악필이라도 명필처럼 느껴질 수 있는 이유가 글씨는 그 사람을 비추는 거울이기 때문이다.

어릴 적부터 글씨를 잘 쓴다는 말을 꽤 들어왔다. 펜과 종이로 많은 것을 해결해 오셨던 어른들과는 달리 컴퓨터에 익숙해진 우리들 중 글씨를 예쁘게 쓰는 사람이 흔치 않았기에 그저 어른들처럼 따라 쓰기만 해도 많은 이들에게서 칭찬을 받을 수 있었다.

내심 기분이 좋았다. 아무래도 못하는 것보다는 잘한다는 소리를 듣는 것이 좋기 때문이다. 나 역시도 내 글씨에 조금의 자부심을 가지고 있었다.

어느 순간부터인지는 기억이 나질 않는다. 평소 스스로 자부하던 내 글씨가 굉장히 악필로 보이기 시작한 것이다. 글씨체를 여러 가지로 바꿔 보기도 하였지만 형태만 바뀔 뿐 악필이라는 것에는 변함이 없었다.

이러한 생각이 깊어지면서 글씨를 써야 하는 순간이 올 때면 나도 모르는 새에 위축되는 자신을 볼 수 있었다. 점점 자신감을 잃어갔다.

지금은 명필이다, 악필이다 등의 생각에서 벗어난 지 오래기에 큰 의미를 두지 않지만 당시 내 자신의 글씨에 자신감을 잃었던 이유는 한없이 낮아졌던 자존감에서 비롯된 것이 아닐까 생각한다.

대학교 졸업을 목전에 두고 취업 준비를 시작하였지만 어떻게 해야 할지 모르기 때문에 찾아온 막연함이 온몸을 뒤덮었고, 그로 인한 심리적 불안감이 글씨체에 투영된 것 같다. 결국엔 글씨체에 투영된 불안한 마음이 눈에 보이게 된 것이다.

시간이 점점 흘러갈수록 자필로 무엇인가를 적는 기회를 우리는 박탈당하고 있다. 무엇인가를 적는 기회를 박탈당한다는 것은 곧 마음을 표현할 수 있는 하나의 수단을 박탈당한다는 것과 같다.

그렇기에 컴퓨터가 아닌 직접 쓴 글을 통해 마음을 표현할 수 있는 기회를 만들어 가려 한다. 어릴 적 한 글자 한 글자 마음을 담아 꾹꾹 눌러 적었던 연애편지의 그 감정을 기억하며.

열병

목을 타고 넘어가는 이 따스함이
더욱 깊은 곳까지 흘러 들어가
사르르 녹으며,
온몸의 체온을 따스하게 한다면

간직한 그 차디찬 열병 또한
제 온도조차 알지 못할 새
사르르 사라질 수 있다면

지금이 아픔과 슬픔과 괴로움
흔쾌히 허락하겠네

조심스레 다가와 날 더욱 괴롭혀
사르르 사라지길 허락하겠네

10년 뒤 우리는

#30살의 나이에 20대에 그린 인생 스케치 속 색을 입히다

나의 현재 모습. 그리고 10년 뒤의 모습. 미래의 자신의 모습을 상상하지 않는 사람은 아무도 없을 것이다. 현재 삶보다 더 나은 미래의 삶을 꿈꾸며 오늘을 살아가는 것이 우리들의 모습이기 때문이다. 그리고 그 미래의 모습에 대해서 주변 친구들과 이야기를 나누는 경우가 많다.

나 역시도 10년 뒤의 모습을 함께 그리던 친구들이 있다.

20살의 어린 나이에 30살의 나이를 지긋이 생각하며 어떠한 모습이 되어 있을지 각자의 머리 위로 스케치했던 순간이 있다.

사실 20살에 어떠한 30살의 모습을 생각했었는지 잘 기억이 나지 않는다. 집이나 차는 가지고 있을 것이고 번듯한 직장에서 화이트 컬러의 비즈니스맨이 되어있을 것이라 생각했던 것 같다. 여자친구 혹은 부인이 있으면 금상첨화였다. 그렇게 시간이 흘러 어느덧 30살의 나이가 되었다.

20살의 나이에 10년 후의 모습을 스케치했다면, 30살의 나이에 이르러 지나간 10년간의 모습에 색을 칠해보았다. 어떠한 고난의 숲을 건너왔는지, 그리고 현재 어떠한 결과를 얻게 되었는지.

돌이켜 생각해보니 힘들었던 순간보다 즐거웠던 순간들에 색이 더욱 짙게 칠해지는 듯하다. 그렇게 색을 칠해보니 누군가는 화이트 컬러의 멋진 비즈니스맨이 되어있고, 또 누군가는 핑크빛의 신혼여행도 가게 되었다. 20살에 스케치했던 30살의 모습에 얼추 완성된 친구들을 보면 내 일은 아니지만 괜스레 뿌듯해지곤 한다. 그렇다면 나는 어떠한가.

집은 없다. 은행 대출과 부모님께서 도와주신 덕분에 전세 원룸 하나 가지고 있고, 결혼은커녕 여자친구조차 없는 30대를 맞이하였다. 막연한 미래와 맞서 싸우려고 하니 손은 부들부들 떨리고 밤마다 잠은 오지 않아 매일 힘겨운 나날을 보내고 있다.

하지만 한 가지 내가 이성의 끈을 잡을 수 있는 것에는 이유가 있다. 막연함이란 이름을 무궁무진함으로 바꿔 생각하는 것이다. 지금의 나는 어느 무엇이든 못 할 이유가 없다. 남는 것은 시간이요, 이 시간을 어떻게 활용하느냐에 따라 나의 또 다른 10년을 스케치할 수 있다. 그리고 나는 오늘도 스케치를 한다.

많은 사람들이 20살 나이에 스케치한 그림 위로 30살의 나이에 색을 입힌다. 그리고 더욱 나이가 들어감에 따라 어떠한 곳의 색을 더 짙게 칠할지 고민하며 인생을 살아간다. 하지만 나는 조금은 다르게 살아가 보려 한다.

아직 인생 스케치에 색을 입힐 준비가 난 되어있지 않다.
그렇기에 지금도 스케치를 계속하고 있다. 아마 죽을 때까지
스케치하는 것을 멈추지 않을지도 모른다. 그리고 관에 들어
갈 때에 뒤를 돌아보면 어떠한 색상 하나 입혀지지 않는 싱거
운 그림으로 인생이 남을 것이다. 괜찮다. 색 하나 없이 지우
개로 수천 번 지워진 자국이 더럽게 남아있을지 모르지만 그
걸로 족하다.

내 인생은 순백의 스케치로 살아갈 것이다.

외면하는 메아리

메아리치듯 돌아오는 저 소리가
나의 목소리인지, 너의 목소리인지
혹은 어느 누군가의 목소리인지
여전히 알 수 없지만
분명 그 소리를 우리 모두는 알고 있다.

'힘들어'

알면서도 외면하는 그 소리에
이제는 귀를 기울일 수 있어야만 한다.
어느 누군가의 목소리일 수도,
너의 목소리일 수도,
혹은 나의 목소리일 수도 있기 때문에.
메아리치듯 돌아오는 저 소리가.

패전

#'고맙다'라는 대답에 나는 '또 보자'라 답하였다

매서운 눈발이 휘날리며 천둥이 치던 2월 말의 어느 날이
었다. 한 기업의 면접 결과를 기대하던 날이었지만 어김없이
탈락의 고배를 맛보며 씁쓸히 고개를 떨구고 있었다.

답답한 심정에 옆 동네에서 살고 있는 친구에게 퇴근 후 가
볍게 산책이나 하자고 연락했다. 하지만 친구의 퇴근시간은
찾아올 줄 몰랐고 저녁 10시가 넘어서야 우리는 만날 수 있
었다. 건물들 사이로 달빛이 고요하게 내려앉은 어느 한 역사
앞에서.

늦은 퇴근시간이기에 지친 몸을 빨리 눕히고 싶어 할 것이

라 생각했던 것과는 달리, 친구는 처음 보는 골목길 여기저기를 들쑤시며 걸음을 옮겼다. 나 역시 그 친구의 걸음에 맞춰 서로 아무런 말없이, 정해진 행선지 없이 묵묵히 몸을 향했다.

잠시 멈춰 지켜본 친구의 얼굴은 몹시 힘들어 보였다. 빨리 집에 들어가 쉬고 싶은 마음보다 막연히 아무 생각 없이 걸으며 잠시만이라도 이 밤의 냄새를 느끼고 싶어 하는 듯 보였다. 그 심정을 나 역시 알고 있다. 그렇기에 우리는 서로의 마음을 동정했고, 응원했으며 함께 하루의 패배를 만끽했다.

업무 스트레스에서 오는 패배감과 면접 실패에서 오는 패배감이 절묘하게 뒤섞여 눈이 날리는 밤의 저녁을 예쁘게 수놓았다. 그렇게 한 땀 한 땀 걸었다.

내가 살고 있는 곳에서 친구의 집까지는 걸어서 15분 정도 걸린다. 하지만 우리의 걸음은 15분으로 충족시키기에는 너무나 부족한 시간이었고 동네에서도 가보지 못했던 곳들을 여기저기 걸으며 30분의 시간을 걸었다.

친구의 집 근처 횡단보도에 다다라서 우리는 이 산책을 끝내야 함을 알았다. 그리고 친구는 나에게 나긋하게 말을 건넸다.

"고맙다."

우리는 항상 패배하며 살아간다. 승리를 위해 삶을 살아가는 것도 아닌데 왜 패배감을 느끼며 하루하루를 보내야 하는지는 아마 신도 알지 못하리라.

지는 것에 익숙해졌기에 위로받는 것에도 우리는 익숙해져야 한다. 친구가 나에게 건넨 고맙다는 한마디가 패배감에 젖은 나의 내일을 기대하게 만들었다. 그리고 나 역시도 그 친구에게 가볍게 한마디를 건넸다.

"또 보자."

크게 한 숨 쉬고

조금씩, 천천히 달리기

02
뛰어가기

어른

자신감을 지키는 것만큼
자존감도 지킬 수 있는 사람을
'어른'
이라고 부른다

그렇기에
'어른'
이 되는 것은
너무나도 어렵다

고개를 들어야 볼 수 있는 것들

#시간은 머물러 있지 않다

스무 살이란 나이로 돌아가면 얼마나 좋을까 하고 생각한 적이 있다. 지금 이 생각과 경험들을 가지고 옛 시절로 돌아갈 수 있다면 과연 난 무엇을 하려고 할까?

가끔 주변 지인들에게 '스무 살의 나이로 돌아간다면 무엇을 하고 싶니'라는 질문을 건네곤 한다.

"후회 없이 자유롭게 여행을 떠나고 싶어요!" 또는

"더욱 열심히 공부를 하고 싶어요!" 또는

"그때 놓친 사랑을 다시 잡고 싶어요!" 등

나 역시도 그 시절로 돌아간다면 공부도 조금 더 열심히 할 것이고, 여행 역시 더욱 많이 떠날 것이며, 사랑하는 데 주저하지 않을 것이다.

그러다 문득 이러한 생각이 들었다. 공부를 열심히 하고, 여행도 자주 다니며, 좋아하는 이성에게 망설이지 않고 다가가는 것은 지금도 충분히 할 수 있는 일이 아닐까. 우리는 '지금은 힘들다'라는 말에 얽매이고 있는 것은 아닐까.

길지 않은 지난 삶을 돌아보았을 때, 너무나 많은 환경과 사람들에 눈치를 보며 지내왔던 것 같다. 원하는 것은 많았지만, 이것으로 인해 나는 상처받지 않을까, 남들이 피해를 입지는 않을까 등의 사소한 걱정거리들이 앞길을 막아왔던 순간들이 떠오른다.

하늘의 별을 보는 것도 눈치가 보여 땅을 보며 걸어왔던 것들이 후회된다. 스무 살이란 나이로 돌아간다면 무엇보다도 주변의 시선을 신경 쓰지 않고 하늘의 별을 당당히 바라보고 싶다.

故 김광석님의 '서른즈음에'라는 노래에는 이러한 구절이 있다.

점점 더 멀어져간다. 머물러 있는 청춘인 줄 알았는데.

우리는 지금도 오늘과 멀어져 가고 있다. 시간은 머물러 있지 않음을 우리 모두는 알고 있다. 지금보다 어린 시절로 되돌아갈 수 없음 역시 알고 있다. 그렇기에 진정한 '내 인생'을 살아가기 위해 하염없이 염원하며 노력한다.

지금까지 삶의 주인공이 누구인지조차 모르는 '네 인생'을 살아왔기 때문에.

비 온 후

비가 그치자 해가 뜨는데
굳이
우산을 쓸 필요가 있나

비가 그치고 해가 뜨면
그저
젖은 옷 말리면 그만인데

마음껏 떨어지기

#청춘이기에 아플 수 있다
#내가 있는 높이에서 아름답게 세상을 바라보기

우리는 굉장히 편리한 세상에서 살고 있다. 얼마나 편리한 세상이냐면 단지 손바닥 크기의 기기 하나만으로도 우리나라와 정 반대편에 있는 나라에서 일어나는 모든 소식을 알 수 있을 정도이다.

바다 밑으로는 전 세계가 해저 케이블로 연결되어 있어 해외에 있는 친구 혹은 가족들과 마음껏 연락을 취할 수 있고, 꿈의 기술로만 여겨지던 영상통화를 지금은 일반 통화하듯이 자유롭게 할 수 있다.

우리가 스마트폰으로 자유롭게 사람들과 연락을 취할 수 있는 것과 마찬가지로 우리의 조상님들에게도 편리한 통신수단이 있었다. 그것은 바로 '매'를 활용한 방법이다.

매의 다리에 쪽지를 묶어 상대방에게 보내는 방식으로, 자연을 활용한 친환경적인 통신 수단이라 할 수 있겠다. 더욱 좋은 스마트폰을 만들기 위해 수백 번, 수천 번의 공정 과정을 거치는 것과 같이 선조들 역시 건강하고 좋은 매를 골라내기 위한 기준이 있었는데, 여기서 유래된 단어가 바로 '낙상매'이다.

조선시대 실학자인 이덕무는 '낙상매'를 이렇게 기록하였다.

"어미 매는 새끼 매를 먹일 때 높은 하늘에 떠서 먹이를 떨어뜨린다. 그 먹이가 어미를 바라보고 있는 새끼들 바로 위로 떨어진다는 법은 없다. 따라서 새끼들은 모험을 해 가며 먹이를 차지하려고 위험을 무릅쓴다. 그러다가 절벽의 둥지에서 떨어져 다리가 부러지는 놈도 생긴다."

– 출처 : 네이버 지식백과

먹이를 받아먹으려다 둥지에서 떨어져 다리를 다친 매, 그것을 '낙상매'라고 표현하였다. 우리의 선조들은 먹이를 잘 받아먹고, 건강하게 자란 매가 아닌 다리를 다친 매, 낙상매를 활용하여 사냥하고, 통신수단으로 활용하였는데 그 이유는 매우 단순하다. 둥지에서 떨어질지라도 제힘으로 살아남은 매가 그 아픔을 알고 더욱 높게 날 것이라 여겼기 때문이다.

과학적으로 증명된 내용인지는 알 길이 없지만, 이 작은 부분에서도 선조들의 지혜를 어렴풋이나마 느낄 수 있다.

'낙상매'의 어원을 알고 보니 한 가지 너무 안타까운 점이 있다. 우리는 어릴 적부터 학교 시험에서는 물론 취업 준비 중에도, 사회생활에서도 계속해서 떨어지고 있다. 부러진 뼈가 더욱 강하게 붙는 것처럼 계속해서 떨어질지라도 우리는 강해져야만 했다. 하지만 그렇지 못한 현실이 너무 슬프게 느껴진다.

사회의 채찍질은 우리를 떨어지지 못하게 가로막고 있고, 떨어지는 행위에 죄악이라는 이름을 붙여 몰아세우고 있다.

대학교 전공이 나와 맞지 않아 자퇴하거나 회사가 나와 맞지 않아 퇴사하면 응원보다 비판이 먼저인 세상이다. 다리가 부러져도 견디고 일어나면 더욱 높이 날 수 있음을 모르는지, 사회는 우리의 다리가 아닌 날개를 꺾고 있는 것 같다. 슬프게도 이러한 사회를 만드는 것이 바로 우리들이다.

'아프니까 청춘이다.' 라는 어록이 화제가 된 적이 있다. 기성세대의 가치관에 정면으로 반박했던 그 첫 순간이었다. 나 역시 이 어록이 잘못된 것은 아니라고 생각한다. 하지만 그 표현을 조금은 순화하고 싶다. '청춘이기에 아플 수 있다.' 정도로 말이다.

청춘이기에 인생을 걸어가는 과정에서 몇 번의 아픔을 마주할 수 있고, 아파보았기에 아프지 않은 방법을 알 수 있기 때문이다.

우리 모두는 '낙상매'이다. 모두가 둥지에서 떨어져보았고, 그 아픔을 알고 있다. 이제 우리에게 남은 것은 하늘 높이 날아오르는 것이다.

누구보다 높이 날아오를 필요는 없다. 다른 매와 비교할 필요도 없다. 내가 있는 높이에서 세상을 아름답게 내려 볼 수 있다면 그걸로 족하다.

길

오늘을 후회하며
내일을 다짐하는
것보다

어제를 반성하며
오늘에 최선을 다하는
삶을 사는 것

스피노자의 옆에서

#사과나무를 심는 스피노자의 옆에서 노래를 부르다

긴 인생을 살아온 것은 아니지만 인생을 돌이켜보면 하지 못했던 것들이 참 많았던 것 같다. 원래 성격이 하고 싶은 것은 하는 스타일이지만 그래도 못해보았던 것들에 대한 아쉬움이 크게 남는 것은 어쩔 수 없는 듯하다. 이는 세상 모든 사람들이 가지고 있는 고민일 것이다.

20살의 나이에 갑작스럽게 가수가 되고 싶다는 생각을 했다. 바로 아버지, 어머니에게 가수가 되겠노라고 서울로 학원을 다니겠다고 말씀드렸는데 대답은 당연히 "NO"였다. 당시에 나는 흡연을 하고 있었는데 담배도 끊지 못하면서 어떻게 가수라는 힘든 일을 할 수 있겠느냐는 것이 이유였다. 그 시간 이후로 담배를 끊었다. 물론 시간이 흘러 다시 담배를 입에 물게 되었지만, 그때 그 순간은 나에게 굉장히 절실했던 순간이었기 때문이다.

담배를 끊고 한 달 뒤 아버지에게 다시 찾아가 말씀드렸다. 담배를 끊었으니 학원을 보내줄 것을. 지금 생각해보면 직접 아르바이트를 해서 돈을 모아 서울로 상경하여 학원을 다니는 것이 바람직했겠지만 철없던 그 시절에는 부모님께 떳떳하게 말씀드리고 손을 벌리는 것이 나름대로의 당당함의 표현이라 생각했던 것 같다.

그렇게 약 8개월 정도를 학원에 다니며 연습을 했다. 꽤 많은 오디션도 보러 다녔고 학원에서도 꽤 실력 있는 가수 지망생으로 평가받았다. 하지만 현실의 벽은 높았는지 가수는 되지 못했다.

누군가 나에게 취미가 무엇이냐 묻는다면 곧장 '노래 부르는 것'이라고 대답한다. 가장 좋아하는 일이면서 노래를 부르는 순간만큼은 내 감정에 충실할 수 있기 때문이다.

내일 지구가 멸망한다고 하더라도 스피노자가 사과나무를 심는다면 나는 그의 옆에서 노래를 부르고 싶다.

간혹 주변 후배들이나 지인들이 고민을 물어올 때가 있는데 20대 후반의 고민은 대개 공통적인 부분이 있다.

"나는 하고 싶은 것이 없는 것 같다."
"무엇을 하고 싶은지 모르겠다."

물론 그들의 고민에 내가 솔루션을 줄 수 있는 것은 아니지만, 짧은 인생을 살아오며 느낀 점을 말해줄 수는 있다.

"너는 하고 싶은 것이 없는 것이 아니라 하고 싶은 것이 너무 많아서 고르지 못하는 것이다."

하고 싶은 걸 말하는데 굳이 진로와 연관시켜서 말할 필요가 있을까. 노래 부르는 것을 좋아하면 당당하게 노래를 부르고 싶다고 말하면 된다. 게임 하는 것을 좋아한다고 죄책감을 가질 필요가 없다.

우리에게 필요한 것은 목표를 실현하기 위한 계획이 아닌 당장의 자신의 감정에 대한 솔직함이다.

난 언제나 내 감정에 솔직했던 것이 한편으로는 자랑스럽다. 그렇지만 아쉬움 역시 남는다. '조금만 더 솔직할걸'이라며.

자신에게 솔직하게 감정을 드러내는 것이 바로 하고 싶은 일에 다가가는 첫 발자국이라 생각한다. 그 첫 발자국을 우리 모두와 함께 밟고 싶다.

사과나무를 심는 스피노자의 옆에서 함께 할 수 있는 일을 찾을 수 있도록.

내 모습

검은 물 위로 비친 내 모습이
너무나 탁하게 느껴져

검은 물 비우고
맑은 물로 가득 채웠더니

내 모습 잘 보이지만
너무나 딱하게 느껴져

'나'다움

취업준비생으로서 열심히 구직 활동을 하던 때였다. 모든 학생들이 선망하는 대기업은 물론 공무원에 일절 흥미가 없던 나였기에 정말 '나'다움을 찾을 수 있는 직업을 갖길 원했다.

직장이 아닌 직업을 찾고 싶었기에 가졌던 내 나름대로의 신념이었는데 이 신념이 고집과 아집으로 바뀌는 것은 정말 한순간이었다.

'나는 남들과는 다르게 살 거야.' 라는 마인드로 열정을 가지는 것. 작심삼일이라 했던가. 어느 순간부터 구직활동은커녕 지인들과 만나 술을 마시며 한량과도 같은 나날들로 시간

을 보냈다. 그리고 잘난 듯이 나의 신념과 미래의 업에 대해
서 떠들곤 했다.

지금 생각하면 너무나 창피했던 시절이고 나를 보며 혹시
라도 본받고자 했던 어린 동생들이 있다면 진심으로 사죄의
말씀을 드리고 싶다. 그 시절 나는 신념이 아닌 고집과 아집
으로 똘똘 뭉쳐 있는 엉터리 사기꾼에 불과했다.

내 자신이 최고로 한심했던 순간이 있다. 정말 입사하길 원
하던 회사가 있었고 이 회사로 가기 위해 이력서와 자기소개
서, 포트폴리오를 착실히 만들고 있던 때였다. 그리고 그 집
중력을 끝까지 유지했어야만 했다.

유흥에 허송세월을 보내던 어느 날 문득 그 회사의 지원
마감일이 언제인지 궁금해졌고 홈페이지를 통해 확인한 결과
바로 1시간 전에 접수가 마감되었음을 알 수 있었다. 한심함
이 온몸을 감싸 견딜 수가 없었다. 그리고 그 순간부터 바뀔
것을 결심했다. 다시는 이러한 기회가 생긴다면 절대 놓치지

않을 것이라고.

이 또한 작심삼일이라 했던가. 찾아온 기회들을 안일함으로 날려버린 것이 손에 꼽을 수도 없이 많고, 또 다시 그토록 갈망하던 것들을 잊어버리고 시간을 보냈다. 개그맨 박명수 씨의 명언이 떠오른다.

"늦었다고 생각할 때는 진짜 늦었다."

난 지금도 늦었는지도 모른다. 내가 찾고 싶던 '나'다움이란 가지고 있던 목표를 작심삼일로 포기하는 것도 아니고 한순간의 안일함으로 기회를 놓치는 것도 아니다.
그렇기에 다시 한 번 반성하고 되짚어보았다. 무엇을 채우고 무엇을 덜어낼 것인지. 가지고 있던 모든 것을 하나씩 덜어낸 후 내가 선택한 '나'다움이 바로 '글쓰기'였다. 그렇게 지금도 '나'를 써내려가고 있다. 늦었지만 솔직하게.

늦었기에 후회했고 늦었기에 나를 발견할 수 있었다. 그렇기에 절실할 수 있었다. 이 절실함이 바로 '나'를 찾을 수 있는 원동력이 되었다.

당신

하루는 책을 보고
하루는 너를 보고

그러다 문득

내 안에 있는
너라는 책을
알게 되었다

작은 독서

#잦은 독서가 아닌 작은 독서

언제부터인지 독서에 대한 관심이 점점 올라가면서 책을 읽는 사람들이 늘어가고 있다.

책을 읽는 사람들이 많아지고 있다는 것은 의도가 어찌 됐건 간에 분명 좋은 현상이라 생각한다. 원하지 않던 것이라도 자주 접할수록 그것에 정을 갖게 되는 것이 사람의 본성이기 때문에 책을 읽지 않고 집 한구석에 삭혀 놓더라도 그 역시 좋다고 생각한다. 잊고 있던 책이 우연히라도 생각난다면 언제든 쉽게 그 책을 꺼내 읽을 수 있기에.

가끔 책을 많이 읽는다고 자신 있게 말하는 사람들에게 좋아하는 작가가 누구인지 질문을 건넬 때가 있는데, 단번에 답하는 경우를 좀처럼 볼 수가 없다. 좋아하는 장르가 무엇인지에 대한 질문에도 쉽사리 답하지 못한다. 그들이 너무나 많은 책을 읽어서 작가의 이름이나 장르조차 기억하지 못하는 것은 아닐 것이다.

몇 개월 전, 서울로 올라온 지인과 자투리 시간을 이용하여 커피 한 잔 마시며 이야기를 나누었는데 그때의 대화 주제가 '독서'에 관한 내용이었다.

지인은 나에게 독서하는 습관에 대하여 질문을 건넸고 그 질문에 쉽사리 대답할 수 없었다. 나 역시도 눈에 쉽게 읽히는 책이나 제법 유명한 책들만 찾아 읽어왔기 때문이다. 그리고 그 지인이 나에게 건넨 메시지가 킬링메시지였다.

"처음에는 가볍게 책을 접하게 되었다면, 이제는 자신이 좋아하는 작가가 누구인지, 그리고 어떠한 장르를 좋아하는지, 어떠한 구조를 좋아하는지 알면 좋을 것 같다. 그때야 비로

소 한 작가의 깊은 내면을 발견할 수 있고, 각 작가들의 내면을 깊이 있게 비교해보면서 더욱 책을 읽는 재미를 찾을 수 있을 것이다."

음악을 좋아하는 사람들에게 좋아하는 가수 혹은 음악가가 누구인지 물어보면 대부분 금방 대답을 들을 수 있다. 그리고 그 장르와 각 음악별 내면에 대해서도 흥미롭게 자신의 의견을 펼쳐내는 것을 볼 수 있다.

독서 역시 이와 같다. 자신이 독서를 좋아하고 책을 많이 읽는다면, 하지만 유명 서적만을 찾아 읽어 왔다면 이제는 한 번 자신에게 진심으로 와 닿았던 책이 어떤 책이었는지 되짚어 볼 필요가 있다고 생각한다. 그리고 그 책의 저자가 써 내려간 다른 책들도 읽어본다면 더욱 작가의 내면과 생각에 대해 이해할 수 있을 것이다.

독자와 작가의 진정한 커뮤니케이션은 독자의 비판적인 시각에서 나오는 것이라 생각한다.

베스트셀러 목록에 있는 유명한 책만을 좋아하는 것에서 끝나는 것이 아닌, 책과 작가에 대한 비판적인 사고를 공유할 수 있도록 잦은 독서가 아닌 작은 독서부터 시작해보는 것은 어떨까.

소중했던 그것

누군가는 잊어야 한다 말했다.

잊지 않으려 했지만 어느새 잃어버렸다.

다시 찾고자 했지만 찾지 못했다.

작았던 시절, 소중했던 그것.

꿈.

예전만큼

#예전과 같지 않기에 지금의 내가 있다

일생을 살아감에 있어서 원동력이 무엇이라고 생각하는가? 혹은 생각해 본 적이 있는가? 개개인마다 다른 생각을 가지고 있겠지만 나는 그 원동력이 바로 '열정'이라고 생각한다.

자신을 뜨겁게 타오를 수 있도록 만들어주는 연료와 같은 역할을 하는 이 '열정'. 우리들은 얼마나 불태워 봤을까.

감사하게도 지금까지 인생을 살아오면서 주변에 에너지 넘치는 많은 친구들을 만날 수 있었다.

그들 덕분에 나 역시도 열정을 잃지 않고 계속해서 도전할 수 있었고, 그중에도 열정이 도를 넘어서는 지인이 한 명 있으니 그에 대하여 짧게 이야기를 풀어볼까 한다.

그가 항상 입에 달고 다니는 한 문장이 있다.

"미지근한 삶은 싫다."

아마 그의 인생에서 핵심 가치관으로 자리 잡고 있는 문장
이 아닌가 생각한다. 그리고 언제나 '미지근한 삶'을 살지 않
기 위해 최선을 다해서 살아간다. 그렇게 살아가니 그의 주변
에는 언제나 많은 사람들이 따랐다. '성공하는 삶'에 대한 멘
토로서는 최고의 인물이 아닐까 하는 생각마저 들 정도이다.
그 정도가 너무 심해 언제나 부러질 것 같은 위태로운 삶을
사는 듯이 보인다고 표현해도 될 것 같다.

이토록 열심히 살아가는 지인이 30살의 나이를 앞두고 이
러한 말을 건넸다.

"요즘은 인생이 너무 재미가 없다. 회사에서 아무리 인정받
아도 내가 흥미를 못 느낀다. 예전 같지 않다."

그는 현재 회사 내에서 부서를 옮겨 연봉은 꽤 삭감되었지만 자기 자신을 가꿀 수 있는 시간을 마련했다. 현재 목표는 그동안 일에만 매달려 하지 못했던 것들을 실천하는 것이라 말했다. 대학원도 가고, 영어도 배우고, 디자인도 배우고. 그 이후 다시 전쟁터와 같은 필드로 복귀하겠다는 야망을 가지고 있다고 했다.

나는 겉으로는 표현하지 않았지만 속으로는 박수를 쳐주었다. 그가 가진 야망에 대한 박수가 아닌 매 순간 부러질 것 같은 삶에서 잠시나마 휴식을 취하고자 하는 결심에 대한 박수였다. 그리고 한마디 거들고 싶었던 것을 못내 참으며 그저 웃었다.

'예전 같지 않다면서 지금 보니 그 열정 그대로 남아 있구나.'

어떠한 삶도 예전 같을 순 없다. 인간은 원래 나이가 들어갈수록 불확실한 미래보다 즐거웠던 과거를 추억하며 살아가는 동물이기 때문이다.

하지만 많은 사람들이 착각하는 것은 과거보다 현실이 불행하다고 느끼는 것이다. 이는 분명 착각이다. 지금 숨 쉬는 이 순간이 가장 행복함을 알아야 한다. 모두가 말하는 예전의 힘들었던 순간들이 있었기에 지금의 자신이 있는 것이다. 그리고 지금의 힘든 순간이 있기에 미래의 자신이 있는 것이다.

예전 같지 않기에 지금의 내가 있다. 예전 같은 나라면 의미 없는 내가 될 것이다.

미련

엊그제부터일까

어제부터일까

내일부터일까

모래부터일까

언제부터였을까

막걸리 세 잔에 담긴

#기회란 이해할 수 없는 순간에 찾아오는 것

많은 청년들에게 인생의 낭만에 대하여 강연을 하고 싶다
는 생각으로 가득 차 있던 어느 날, 마침 한 기업의 강사양성
과정 수업을 발견하게 되었고 한 치의 망설임도 없이 지원하
였다.

주변의 많은 지인들이 말렸다. 비싼 금액에 얻을 것 하나
없어 보이는 수업에 시간을 투자하는 것 자체가 이해할 수 없
었다고 한다. 하지만 원래 인생이란 이해 할 수 없는 것들투
성이고 기회 역시 이해 할 수 없는 상황에서 다가오는 것이라
생각한다.

그때 그 순간이 나에게 있어 이해할 수 없는 순간이자 잡

아야만 할 기회였다.

6주간의 수업을 수료한 이후에도 함께 수업을 들었던 동기들과 꾸준히 만나며 다양한 정보를 공유했고 꿈에 대해 이야기를 나누었다. 수업의 내용 역시 큰 도움이 되었지만 그 이상으로 많은 것을 나에게 안겨준 것은 바로 수업을 통해 만났던 이 사람들과의 인연이었다.

그리고 그들 중 2명과 함께 회기역의 막걸리 거리에서 파전에 막걸리 한잔 하며 이야기를 나눈 어느 날이었다.

매우 추운 날씨였다. 영하 7도에 육박하는 한파였는데, 바로 전날 영하 14도의 날씨를 겪고 나니 영하 7도의 날씨쯤은 가뿐히 참아 낼 수 있을 정도였다.

우리는 어떠한 책을 읽었는지, 그리고 그 책을 통해 무엇을 느꼈는지 토론을 하며 시간 가는 줄 몰랐다. 그러던 중 이왕 이룰 수 없는 꿈 마음껏 말해보기로 했다.

누군가는 어른을 위한 동화를 만드는 것이 꿈이라 하였다.

아이와 어른 모두가 공감할 수 있는 그러한 동화를 그리고, 이를 디즈니 애니메이션으로 만들고 싶다 하였다. 누군가는 재단을 설립하여 많은 학생들이 자신의 꿈을 마음껏 펼칠 수 있는 그러한 세상을 만드는 것이 궁극적인 꿈이라 하였다. 아주 근사한 꿈이었다.

현재의 나에게 있어 꿈은 무엇일까. 지금 쓰고 있는 이 책을 세상에 선보이는 것. 그것이 나의 꿈이다. 소박하지만 어느 누구에게도 뒤지지 않을 정도로 큰 소망이다. 그리고 꿈을 이루기 위해 지금도 이렇게 글을 쓰고 있다.

그렇게 우리는 막걸리 잔에 꿈 한 사발을 담아 한껏 들이켰다. 그리고 약속했다. 10년 뒤에 다시 한 번 이곳에서 막걸리를 마시자고. 그때는 지난 10년 전 약속했던 그 추억을 잔에 담아 한 사발 들이키자고. 우리의 잔은 10년이란 시간을 채운 채 그 자리 그대로 기다리고 있을 것이다.

연(然)필깎이

연필이 뚝 하고 부러지는 소리에
부러진 그 끝을 나긋이 내려 보았다

그 오랜 세월 나의 희생으로
아름다운 글 마음껏 쓰게 해 주었건만
그 보답이 나의 이 부러짐인가
하고 낭랑히 말을 거는 듯하였다

그의 옆에 고스란히 놓인 연필깎이를
다소곳이 들어 올렸다 돌렸다. 또 돌렸다

돌아 돌아 제 모습을 찾은
그 연필은 다시 습관처럼 자신을 희생한다.

흐르는 물을 거슬러 올라

#청춘이란 자신이 청춘이라 생각하는 모든 사람들

가수 강산에 씨의 '거꾸로 강을 거슬러 오르는 저 힘찬 연어들처럼'이라는 노래가 있다. 아마 20대 후반 이상의 분들이라면 대부분 알 것이고 그보다 어린 분들도 노래를 들어보면 그 멜로디가 귀에 익숙하다는 느낌을 받을 것이다. 난 이 노래를 아주 좋아한다. 사람의 삶, 인생이 노래 전반에 남아있기 때문이라고 해야 할까.

이 노래의 가사 중 '걸어 걸어 걸어가다 보면'이라는 문구가 자주 등장한다. 어떠한 목표와 목적을 향해 가는 것이 아닌 걸어가다 보면 인생의 축복이 있을 수도 있고, 감사해야 할 많은 일들을 만날 수 있다고 말하는 듯하다.

우리들은 너무나 맹목적으로 목표만을 향해 달려가고 있다. 혹여나 목표가 없는 이들을 볼 때면 삶에 무슨 의미가 있는지 한심해 할 때도 있다.

하지만 인생이라는 길에는 걸어가다 보면 예상치 못했던 순간들을 수도 없이 맞닥뜨릴 수 있고, 그러한 순간에서 의미를 발견하게 될지도 모른다. 최근 연세대학교 김형석 교수님의 강연을 듣고 왔는데 다양한 말씀들을 전해 주셨지만 그 중 가장 인상 깊었던 대목은 이것이다.

'사람을 제대로 평가하려면 적어도 50대의 나이에는 들어서야 한다.'

현재 대한민국 사회는 유년시절부터 달리기 시합을 가르치고 있다.

어릴 적 1등이었던 친구가 성인이 되어 1등의 모습을 보이지 못하면 모든 사람들이 '잘 성장하지 못했네.' 라고 말한다.

1등은 언제나 1등이어야 한다는 부담감에 자기 자신을 잃어 버리는 경우를 많이 보아왔다. 반대로 항상 부족하던 친구가 성인이 되어서도 부족한 모습을 보인다면 '네가 그럼 그렇지.' 라며 핀잔을 준다. 많은 것에 부족함을 보여 왔던 사람들은 자신의 부족함에 자괴감을 느껴 자기 자신을 잃어버리는 경우가 많다.

어린 시절부터 정해진 자신의 등급에 맞게 삶의 한계를 단정 지어버리는 것이 너무나 안타깝게 느껴진다.

현대 사회에 만연해 있는 '오르지 못할 나무는 쳐다보지도 말라.' 라는 속담은 없어져야 할 속담이다. 꼴찌도 1등이 될 수 있고 1등도 꼴찌가 될 수 있는, 하지만 지금의 모습이 미래의 내 모습까지 결정지을 수 없다는 그러한 마인드를 우리는 갖추어야 한다.

쉽게 정리하자면 지금 당장의 결과에 따른 조급함을 덜어 놓을 필요가 있다는 것이다.

KFC의 창립자 커널 샌더스는 그의 나이 65세에 파산을 경험하고 88세에 억만장자가 되었다. 65세의 커널 샌더스는 분명 누가 보아도 실패한 인생이다. 하지만 그의 인생은 극 후반부에 빛을 발하였다. 더군다나 우리들은 아직 매우 젊은 나이이다. 40대의 나이도, 50대의 나이도, 60대의 나이도 젊은 나이이다.

난 청춘을 나이로 생각하고 싶지 않다. 자기 자신을 청춘이라고 생각하는 모든 사람들이 그 주인공이다. 커널 샌더스 또한 60이 넘은 나이에도 청춘을 잃지 않았다. 흐르는 강물을 거슬러 오르는 연어와 같이, 현실에 낙담하지 않고 계속해서 걸어갈 수 있는 자만이 바로 청춘의 특권을 누릴 수 있다.

그 말

해가 뜨기 전이
가장 어둡다는 그 말

불행 끝에
행복이 찾아온다는 그 말

그 말 한마디
어제 깨달았더라면

오늘의 나는 밝았을까
오늘의 나는 행복했을까

전화공포증

#두려움을 극복하니 인생이 바뀐다

요즘은 사랑하는 사람의 목소리를 언제든 들을 수 있고, 만나지 않아도 얼굴을 볼 수 있는 정말 좋은 세상이다.

이것 때문일지, 아니면 성향 때문일지는 모르지만 많은 사람들에게서 볼 수 있는 공포증이 있는데 바로 전화공포증이다. 이는 나 역시도 조금은 가지고 있는 듯하다. 특히나 첫 사회생활을 시작하면서 쉴 새 없이 전화하고, 전화를 받아야 했던 점이 날 더욱 힘들게 하였다.

만나지 않더라도 서로의 감정을 공유할 수 있는 방법은 전화밖에 없다.

정보의 전달이라면 전화보다 메신저를 통해 혹은 메일을

통해 연락을 취하는 것이 더 정확할지 모르지만, 메신저상에서 'ㅋㅋㅋㅋㅋㅋ' 혹은 'ㅜㅜ' 등으로 자신의 감정을 마음껏 표현하기에는 아쉬움이 있다. 그렇다면 우리가 겪고 있는 전화공포증은 왜 생겨난 것일까.

혼자만의 고찰을 통한 결론은 자신의 감정을 누군가에게 전하는 것에 두려움을 가지고 있을 때 이 전화공포증이 발현되는 것 같다. 직접 만나서는 이야기를 나누는데 거리낌 없더라도 유독 전화상으로는 그게 힘들게 느껴진다.

하지만 잘 살펴보면 전화를 자주 하는 사람들이 실제로 만났을 때도 활발하고 말도 잘하는 것 같다는 생각이 든다. 물론 신빙성 없는 주관적인 생각이다.

일상생활이 되었건, 사회생활이 되었건 메신저와 메일을 통한 연락이 아무리 대중화되었어도 전화 한 통화만큼 그 파급력이 큰 것은 없다.

먼 미래에 어떠한 목소리도 없이 서로의 감정을 공유할 수 있는 통신수단이 나타난다면 모르겠지만, 그전까지는 전화

통화가 최고의 통신수단일 것이다. 그렇다면 우리가 전화공포증을 극복하기 위해선 무엇을 해야 할까.

내가 선택했던 방법은 무조건 하루 한 통화 이상 하는 것이었다. 그것도 매번 다른 사람에게.

메신저를 통해 할 수 있는 단순한 대화도 전화 통화를 통해 이야기를 나누었고, 이 또한 습관이 되어 나중에는 사소한 이야기로도 10분 이상 통화를 지속할 수 있게 되었다. 더욱 큰 도움이 되었던 것은 그동안 잊고 지내왔던 많은 인연들과 다시 한 번 만남을 시작할 수 있게 된 것이다. 그 어려웠던 통화 한 번으로 우리는 인연을 새로 만들 수 있고, 또는 끊어졌던 인연을 다시 지속할 수 있다.

난 전화 한 통의 위대함을 몸소 느껴왔다. 바쁘다는 핑계로 예전보다는 전화하는 횟수가 조금 줄어들긴 했지만 그래도 노력하고 있다. 처음엔 공포증을 극복하기 위해서였다면 지금은 보고 싶은 인연들의 목소리라도 만나기 위해서이다.

중력

이 세상에 중력이 없다면
내 몸이 뜨는 게 먼저일까
내 마음이 뜨는 게 먼저일까

너라는 중력이 있기에
내 몸도, 내 마음도
언제까지라도 버틸 수 있어

돌아갈 곳이 있음에 행복하다

#여행이 즐거운 이유
#인생 역시 여행과 같다

예전 대만으로 여행을 떠난 적이 있는데, 대만 현지에서 살고 있는 친동생과 맥주 한잔 나누며 많은 이야기를 나누었다.

여러 이야기가 있었지만, 그중 가장 인상 깊었던 내용이 한 가지 있다. '여행이 왜 즐거운가?'에 대한 이야기였고 동생의 답변은 나의 가슴을 망치로 치듯 크게 다가왔다.

"여행이 즐거운 이유는 돌아갈 곳이 있기 때문이야."

생각해보면 나는 여행이 끝나면 한국으로 돌아갈 수 있다. 힘든 삶의 연속이었던 한국이지만 그곳엔 가족도 있고 친구도 있다.

하지만 동생은 그렇지 않았다. 많은 지인들이 대만으로 여행을 오면 항상 가이드를 자처하곤 했는데 여행이 끝난 후 모두가 한국으로 돌아가도 본인은 항상 이곳에 남아있는 것이다.

동생의 말과 상황에 공감하니 더욱 마음속 깊숙이 들어왔던 것 같다.

최근 한 영화를 보면서 '도망가다'와 '돌아가다'라는 의미에 대해 깊이 생각해보았다.

서울로 올라와 혼자 자취하며 생활을 하는 나에게 많은 이들이 부모님이 계시는 곳으로 돌아갈 생각이 없냐는 질문을 하곤 한다. 그러한 질문을 들을 때마다 그럴 생각이 없다고 답하면서도 마음속으로는 '아직 도망치고 싶지 않아' 라고 생각했던 것 같다.

하지만 집으로 돌아가는 것이 도망치는 것이 아니라는 것을 늦었지만 조금이나마 알아가고 있다. 그리고 언제든 돌아갈 곳이 있다는 것이 얼마나 큰 행복인지 역시 알아가고 있다.

부모님과 함께 살면서 가족의 따뜻함을 느끼는 것. 친구들이 보고 싶을 땐 언제든지 볼 수 있는 것. 동생이 내게 건넨 그 한마디를 항상 기억하며 투정부리지 않으려 한다.

언제든지 돌아갈 곳이 있다는 마음의 여유를 가지게 된다면 회색 빛깔의 건물들로 가득한 도심지의 한가운데에서도 푸른 숲이 울창한 시골의 한적한 삶을 느낄 수 있지 않을까.

행복한 꿈

너와 함께 할 예쁜 꿈을
지으며 행복하길 바랐다.

너와 함께 한 예쁜 꿈을
지우며 행복하길 바란다.

행복해야 할 자격

#꿈이 있기에 삶은 윤택하다
#삶의 원동력이 될 수 있는 모든 것들이 바로 꿈이다

어릴 적 나의 꿈은 경찰관이 되는 것이었다. 멋지게 범인을 제압하고 사회의 정의를 실현시키는 경찰관이 그렇게 멋있게 보일 수 없었다.

하지만 당시 방영 중이던 '경찰청사람들'을 보며 숱한 위험 상황에 처할 수 있다는 것을 알고 경찰관의 꿈을 포기했다. 어릴 적 누구나 가지는 영웅이 되고 싶다는 소박한 꿈이었다.

중학교 재학 시절 나의 꿈은 축구선수가 되는 것이었다. 학교 축구부 활동을 한 것은 아니지만 2002년 월드컵 특수로 여러 축구 클럽들이 우후죽순 생겨났고 그러한 축구 클럽 중

한 곳에 입단하여 짧은 기간이나마 축구를 배웠다.

실력이 부족한 탓에 축구 선수의 꿈은 금방 포기하였지만, 축구행정가가 되고자 하는 새로운 목표가 또 다시 생겼다. 이른 나이에 국내에서 최초로 스포츠경영학을 신설한 대학교를 가고자 공부하였고 그렇게 원하는 대학교에 입학할 수 있었다.

점점 시간이 흘러 또 다시 새로운 꿈이 생겼다. 사람들의 마음을 움직일 수 있는 광고기획자가 되는 것이었다. 역시 열심히 노력하여 대기업은 아니지만 원하던 광고회사에 취업할 수 있었다.

지금 나의 꿈은 많은 사람들과 마음을 나눌 수 있는 작가가 되는 것이다. 참 여러 번 꿈이 바뀌어 왔던 것 같다. 하지만 꿈을 꾸었기에 내 인생은 더욱 윤택해졌고 지치지 않을 수 있었다.

최근 절친한 친구와 커피 한 잔을 마시며 꿈에 대하여 이야기를 나누었다. 친구의 꿈은 작은 심야식당을 차려서 일상에 지친 사람들에게 라면 한 그릇을 선물하는 것이었다.

비록 한 종류의 라면만 판매하는 식당이었지만 이 라면 한 그릇에 하루의 피로를 다 풀 수 있는, 심야에만 운영하는 식당을 차리는 것이 친구의 꿈이라 하였다. 누구나 이렇게 소소한 꿈을 안고 살아간다.

좋은 회사에 취업하여 돈을 많이 벌고 싶다는 것만이 꿈이 아니다. 삶의 원동력이 될 수 있는 모든 것들이 바로 꿈이 될 수 있다.

"이 또한 지나가리."

이런 말에 맹목적으로 의지하는 삶을 좋아하지 않는다. 어차피 지나갈 시간이라면 행복해야 하지 않을까.

자기 자신에게 행복을 선물해 줄 수 있는 삶, 바로 꿈을 꾸는 삶. 그러한 삶을 즐길 수 있는 여유를 찾기 위해 오늘도 홀로 분위기 좋은 카페를 찾아 커피 한 잔을 마신다.

언제든 달라질 수 있는 꿈이지만, 그 모든 것이 결코 틀린 꿈은 아니기에.

우리들의 마음속에는 '낭만'이 잠들어 있다.

그리고 이 '낭만'을 잠재우는 것이 바로

우리들 자신이다.

낭만적인 삶을 찾으려는 노력에 앞서,

자기 자신이 낭만적인 사람이라는 것을

먼저 깨닫게 된다면 인생은 더욱

즐겁고 행복해질 것이다.

〈'나'만 없는 낭만〉

2018.4.30. 씀